NON, PAS LE POT !

ISBN 978-2-211-21357-8
Première édition dans la collection *lutin poche* : juin 2013

Loi numéro 49 956 du 16 juillet 1949 sur les publications
destinées à la jeunesse : avril 2011
Dépôt légal : mars 2021
Imprimé en France par Pollina à Luçon - 97225

Stephanie Blake

NON, PAS LE POT !

les lutins de l'école des loisirs
11, rue de Sèvres, Paris 6e

**Aujourd'hui,
Simon et Gaspard
jouent aux billes.
« C'est à moi de tirer ! »
dit Simon.
« Vi, à toi ! »
répond Gaspard
d'une drôle de voix.**

«ESSKELLENT ! À moi!»
dit Gaspard en se baissant
à côté de Simon.
«Pouah! Beurk! Ça schnouf!»
crie Simon
en se bouchant le nez.

**« Tu as fait caca
dans ta couche »,
dit Simon.
« Nan, PACACACOUCHE, moi ! »
affirme Gaspard.**

Maman entre dans la pièce:
«Oh ! Mais ça sent mauvais ici!»
Papa entre dans la pièce:
«Ouh là là! Ça ne sent pas bon!»
Gaspard dit:
«C'est pas moi, c'est Simon!»
«Gaspard, pourquoi tu n'essaies pas
d'aller sur le pot?
Tu es trop grand pour les couches»,
dit maman.

« Ce n'est pas compliqué »,
dit papa, « la prochaine fois que
tu as envie de faire caca,
tu vas chercher ton pot. »

« NOOON PAS POT ! »

crie Gaspard.

NON PAS POT!

« Méoutuva ? »
demande Gaspard.
« Chez Ferdinand
faire un tournoi de billes. »
« Moilévien aussi ! »
« Un bébé Cadum
qui fait dans sa couche
ne peut en

AUCUN

cas venir jouer avec nous »,
répond Simon.

Gaspard
tourne
autour
de son
pot.
« On peut faire plein de tluques
avec un pot ! »
Un bol de cuisine !
Un cheval !
Un chapeau !
« Viens là, viens là, Milou !
Il faut aller sur ton pot,
gros matou ! »

AAH! DADA

Lorsque Simon
revient à la maison,
il est très excité.
« Tu sais, Gaspard,
j'ai gagné 10 billes tornades,
6 billes œil de chat
et 4 billes pépites.
Ensuite on est allés à la piscine
avec Ferdinand.
C'était trop bien !
Et toi, Gaspard, qu'as-tu fait ? »
« J'ai joué avec mon pot ! »

J'AI GAGNÉ
10 TORNADES
6 OEIL DE CHAT
4 PÉPITES!
ET TOI, GASPARD, QU'AS-TU FAIT?
NON, MAIS TU N'ES PAS BIEN?

Cette nuit-là,
Gaspard fait de beaux rêves…

Et le lendemain matin,
lorsqu'il se réveille,
il a très très bien dormi
mais soudain…

« Oh là là ! Vite !
Mon pot ! »
Gaspard enlève
son bas de pyjama.
Gaspard enlève
sa couche.

Gaspard reste longtemps
sur son pot.
Il regarde vers le bas,
il regarde vers le haut,
il est bien,
il prend un livre,
et lorsqu'il a fini…

Il montre à maman et à papa :
« BRAVO, GASPARD ! » crie maman.
« BRAVO, GASPARD ! » crie papa.
« BEURK ! » crie Simon.